E

Cuidado con los cuentos de lobos

Lauren Child

SerreS

Para Charlie
(asegúrate que guardas este libro debajo de algo muy pesado)

y Cress
(que sabe cómo tratar a los lobos de los cuentos)

Muchas gracias a Soren

Título original:
Beware of the Storybook Wolves

Traducción:
Esther Rubio

Texto e ilustraciones © 2000 Lauren Child

Primera edición en lengua
castellana para todo el mundo:
© 2000 Ediciones Serres, S. L.
Muntaner, 391 – 08021 Barcelona

Publicado por acuerdo con Hodder Children's Books
a division of Hodder Headline, Londres

Fotocomposición:
Editor Service, S. L., Barcelona

ISBN: 84-95040-80-8

La Caperucita Roja

Cada noche, antes de dormir, la madre de Olmo le lee un cuento.

A veces, el cuento trata de un lobo enorme que asusta a las niñas pequeñas
y a sus abuelas con un gruñido terrorífico y una enorme dentadura amarilla
(desde luego, por lo que se ve en las ilustraciones, el lobo nunca ha usado dentífrico).

Hacia la mitad del cuento, el asunto se pone muy feo para los protagonistas
y ya al final parece que todo va a acabar mal,… pero en la última página…

...se arregla la cosa y acaban
todos siendo felices,
menos mal.

Este era uno de los cuentos
favoritos de Olmo.
Le encantaba sobre todo
aquél en cuya contracubierta
aparecía un lobito con un
parche en un ojo
y que decía:

Si quieres más emoción lee la historia de

**EL LOBITO VALIENTE
Y LOS TRES CERDOS COCHINOS**

Se te caerán los calcetines de miedo.

Como siempre, cada vez que
su madre terminaba de leerle
el cuento, antes de dormir,
Olmo le decía:
—No te olvides de llevártelo.
Y si su madre le preguntaba:
—¿Por qué?
Él le contestaba:
—Hay un lobo dentro.

La mamá sonreía, ella creía
que aquel cuento de lobos
no podía ser peligroso.

Una noche, justo después de acabar de
leer el cuento, sonó el timbre del teléfono.
Con las prisas, la mamá de Olmo
se olvidó de coger el libro.

Olmo no notó
nada al
principio, pero
según se
iba quedando
dormido
comenzó a oír
un ruido
extraño, cerca
de su cama.

Se parecía al
ruido que hace
un estómago
cuando tiene
hambre
¿o eran dos
estómagos
hambrientos?…

Y aquel olor tan
desagradable…
como cuándo a
alguien le huele
mal el aliento.
Y aquella rara
sensación de
dos…¿ o puede
que fueran
tres?, ojos
mirándole…

Imprudentemente,
encendió la luz…

...y allí, ante él ¿qué se encontró? Al **lobo grande del cuento,**
y a su lado al **lobito** del parche en un ojo
(el de la contracubierta del libro).

—Mmmm —dijo el lobo grande relamiéndose—.
**Qué olor más sabroso. Qué niño
más rico me voy a zampar.**

—Mmmm —dijo el lobo pequeño—.
**Yo quiero estos piececitos rosados
que parecen de un cerdito.**

Y se relamió tan mal que acabó
babeando sobre la alfombra.

–Yo que vosotros esperaría
para comerme –balbuceó Olmo
desesperadamente, intentando ganar
tiempo para salir de aquella situación.
–¿Por qué no? –preguntó el lobo
grande mirándole de reojo.
–Eso, ¿por qué no? –añadió el lobo
pequeño, como intentando, también él
mirarle de reojo, pero sin conseguirlo.

–Umm… Porque los niños
pequeños se dejan para el postre.
Siempre hay que comenzar por el aperitivo.
–**No lo sabía** –dijo el lobo
grande desconcertado.
–¿De verdad? –dijo Olmo un poco más
animado por su éxito–. Todo el mundo lo sabe.
–**Yo sí lo sabía** –dijo el lobito.
–**Tú no lo sabías** –contestó el
lobo grande, que cada vez iba pareciendo
menos fiero.
–**Sí que lo sabía** –dijo el lobo
pequeño envalentonándose.
–**Vale, en ese caso, dime,
¿qué es un aperitivo?** –preguntó
triunfante el lobo grande.

Te puedes imaginar que el lobito no había oído hablar en su vida de lo que era un aperitivo, pero, claro, a estas alturas, no podía quedar como un idiota, así que dijo:

—La tarta de gelatina es un aperitivo, por ejemplo.

Y ambos lobos se volvieron hacia Olmo y preguntaron:

¿Dónde está la tarta de gelatina?

Una tarta de gelatina. Eso, ¿dónde habría una tarta de gelatina? Olmo se estrujaba el cerebro intentando encontrar una respuesta. De repente se fijó en el libro de cuentos de hadas que había estado hojeando la noche anterior. Lo había dejado abierto por la página en que *la princesa aburrida* se quedaba dormida en su fiesta de cumpleaños.

Y pensó que nadie se daría cuenta si tomaba prestada la tarta, todos los personajes roncaban ya, cansados de esperar que *la princesa* se despertara.

Olmo se concentró tanto en el esfuerzo por sacar de la página del cuento la tarta de gelatina que no se dio cuenta de que el Hada Malvada se despertaba y se escondía bajo la mesa, oyéndolo todo. Que mala suerte, porque el Hada Malvada odiaba a los niños pequeños sólo un poquito menos de lo que odiaba a las niñas pequeñas. Qué nerviosa la ponían, sobretodo despúes de saber lo que aquellos mocosos de Hansel y Gretel le habían hecho a la pobre e indefensa bruja; no sólo se habían comido parte de su cabaña sino que además la habían encerrado en su propio horno. Los niños pequeños, de verdad que la ponían de muy mal humor.

—Eh, vosotros, felpudos atontados, lobos de medio pelo —les regañó el
Hada Malvada—. ¿No veis que el niño os está tomando el pelo?
Los niños pequeños son el aperitivo, y la tarta de gelatina es el postre.

Dicho esto volvió a meterse en el libro y lo cerró desde dentro de un portazo.

Para empezar, los lobos se pusieron colorados de vergüenza,
luego los ojos se les volvieron bizcos de la rabia.

¡Porras! Las cosas se habían puesto feas.
Pero entonces Olmo, rápidamente, agarró el
cuento de hadas, buscó la página donde estaba
el Hada Madrina y lo agitó con tanta
fuerza que ésta salió disparada del libro
y aterrizó violentamente en el suelo. Parecía un
poco enfadada, porque se le había arrugado
el vestido y casi se tuerce un tobillo.
—Bueno muchachito, creo que tengo
muy buenas razones para convertirte
en un gusano —dijo el Hada Madrina.

–¡No, no me conviertas en gusano! Son esos dos
los que se merecen ser convertidos en gusanos.
–¡Oh, no! ¿Vosotros dos otra vez? –dijo el
Hada mirando a los lobos, que estaban muy asustados–.
No dejáis de dar problemas…que si derribáis
casas de un soplido, que si os coméis a
la gente…sin otro motivo que porque
os viene en gana.

Mientras hablaba, el Hada Madrina agitaba su varita sin darse cuenta.
Y así fue como el lobo pequeño se convirtió de pronto en una nube de humo
y plof (como en los cuentos) volvió a aparecer vestido de bailarina.

–¡Uf, que disparate! –dijo el Hada Madrina moviendo la cabeza–,
pero si este vestido era para Cenicienta. Precisamente me sacaste
del libro en el momento en que la iba a enviar al baile. Como
podréis apreciar, tengo buen gusto. Pero el vestido que había
elegido no es el más apropiado para un lobo.

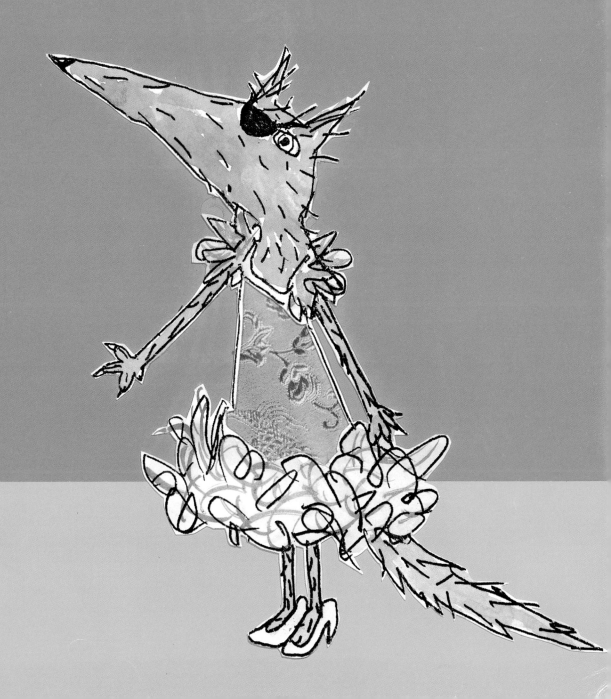

Sin embargo,
el lobito se miró
en el espejo,
y le gustó tanto
su nuevo aspecto
que saltó dentro
del libro de cuentos
de hadas y se
fue al baile.

Y así fue como Cenicienta tuvo que quedarse
toda la noche limpiando la cocina.

–¡Madre mía! –dijo el
Hada Madrina preocupada–.
Desde luego, esto no
va a gustar nada en palacio.
¿Qué van a decir el rey
y la reina cuando
vean aparecer a un
lobo empeñado en
bailar con su hijo?
Bueno, espero que,
al menos, no
se le ocurra
merendarse a
los invitados.

El Hada Madrina andaba
tan ocupada con sus
problemas que no se dio
cuenta de que el lobo
grande estaba a punto
de tragarse a Olmo de
un bocado.

¡Socorro!

gritó Olmo.

Tan rápida como el viento, el Hada agitó su varita mágica y en un pis pas
el lobo grande quedó convertido en un diminuto gusano.

—Mmm, cómo me gustan los gusanitos —dijo el Hada Madrina, enviándolo de nuevo al cuento de los lobos—.

Son tan calladitos y tan discretos… no como las ranas, siempre obsesionadas con que son príncipes. Bueno, la verdad es que ya estaba un poco harta de vivir dentro de un libro, y de conceder deseos a princesas mimadas. Me voy a tomar unas vacaciones, iré a algún lugar que esté bien lejos de la realeza.

Y con un solo movimiento de su varita mágica, el Hada Madrina desapareció

Antes de acostarse, Olmo apiló todos
los libros de cuentos que tenía y puso
encima lo más pesado que encontró para
que se quedasen bien cerrados, no fuera
que alguien tuviera la tentación de salir
de algún cuento.

Luego

apagó

la luz Y

ESA NOCHE SOÑÓ con

feroces

GUSANITOS

lobos presumidos

y hadas gruñonas

Lo más divertido fue que, el día que su mamá quiso leerle el cuento
de los lobos, no quedaba ya ninguno, tan sólo un diminuto gusano
empeñado en asustar a una niñita vestida de rojo.